아름다운 동행

정관진 지음

그들이 꿈꾸는 세상을 위하여

아름다운 동행에서는 내일
의 희망인 청년들에게 희망의 등불을 밝히고자 했다.

해방 공간에서, 민족의 비극 한국 전쟁에서, 철도 르
네상스를 꿈꾸며, 가장 주체적인 사학자 단재 신채호에
서, 통일의 발걸음에서, 독일 통일에서, 중국과 대만에
서 겨레의 나아갈 방향을 밝히고자 했다.

해방 공간에서 완전한 광복도, 6.25전쟁에서 민족의
통일을 이루지 못한 한반도는 3.8선으로, 휴전선으로 분

리되어 있다.

우리 민족의 기상이 중원을 흔들었을 때 우리는 대륙의 주인이었다.

섬 아닌 분단의 섬에서, 대륙의 기상을 잃어버린 오늘날, 어떻게 대륙의 기상이 살아있는지, 단재에서 배우고 단재에서 희망을 갖게 된다.

조국의 영웅들의, 열사들의, 위인들의 삶을 통해 못이룬 통일을 이루고, 대륙의 기상을 회복하여 다시 한번 겨레의 웅비를 보고자 하고, 겨레의 희망인 청년들에게 그들이 꿈꾸는 세상을 만들어 달라고 희망한다.

희망은 일구는 자의 것이다.

2021년 7월 11일 초복에

정관진 쓰다

목차

1

통일된 한민족

우리 민족은 고조선, 삼국시대, 통일신라, 고려, 조선, 해방공간을 통일된 한민족으로 살아 왔다. 하나의 언어를 사용해 왔다.

문자로는 삼국시대 발달하기 시작하여 통일신라에 성립되어 19세기 말까지 계승되어온 이두와 향찰이 있었다.

이두문은 한문의 문법과 국어의 문법이 혼합된 문체로서 때로는 한문 문법이 좀더 강하게 나타나기도 하고, 때로는 국어 문법이 강하게 나타나기도 하여 그 정도가 일정하지 않았다.

이두문체의 이러한 특성은 그것이 기원적으로 문서체

에서 발달했기 때문이다. 이두는 또 시대에 따라 그 표기법이 발달하기는 하였으나 문어로서 보수성이 강하여 후대로 올수록 현실 언어와 거리가 멀어져갔다.

여기에다 조사나 어미의 표기도 한문 문맥에 의지하는 바가 커서 생략되는 경우가 많았다.

'나라 말씀이 중국에 달라 문자와 서로 사맛디 아니할세......'

1443년 세종대왕의 한글창제는 오늘날 남한과 북한의 문자이다.

한글은 8천만 한민족의 문자이며 언어이다. 또한 전세계 750만 해외동포도 한글을 사용한다. 또 인도네시아 소수민족 찌아찌아족은 한글을 사용한다.

현재는 세계 여러나라 대학과 학원에서 한글을 제1외국어로 사용하고 있고 또 재한 외국인들이 있다.

이렇게 한민족의 문자인 한글은 세계 속에서 아름다운 동행을 하고 있다.

2
해방 공간

가. 해방공간의 민주주의

　　　　　해방공간의 민족주의자 여운형의 목표는 하나였다. 좌익, 우익, 소련, 미국 어느곳에도 기울지 않았다. 통일 정부 수립 이것만이 기본 목표였다. 그러니 미군정에서는 친소파로, 소군정에서는 친미파로, 우익에서는 좌익으로, 좌익에서는 우익으로 낙인 찍혔다.

　기회주의자라는 비난과 신념없는 중도주의자라는 헐뜯음도 나왔다.

결국 여운형은 좌우세력과 재3세력의 집중공격을 받는다. 해방되던 해부터 여운형에게는 테러가 끊이지 않았다. 자그마치 열 번의 테러였다.

여운형은 암살당하기 전날 밤, 미소공동위원회의 미국측 수석대표 브라운 소장을 만나 테러 위협의 대책을 요구했다. 이승만은 여운형 암살에 관여했던 것으로 G-2 주간보고서에 기록하고 있다.

하지 장군은 암살 20일 전, 이승만에게 암살계획을 중단하도록 충고했고, 여운형은 하지에게 신변보호를 요청했으나 듣지 않았다.

하나의 대들보 감이 자라려면 100년의 풍상을 필요로 하듯, 한사람의 국가 민족 동량이 성장하기에는 이에 못지않은 시련과 인내의 세월을 견뎌야 한다.

여운형의 죽음은 민족사의 비극이고 국가적 손실이다. 여운형이 그 첫 희생자가 되었다.

1945년 8월 15일, 한민족은 포악무도한 일제로부터 해방되었다. 일제의 패망을 내다보고 은밀하게 준비했던 여운형에게 해방은 크게 낯설지 않았다. 미군정 초기 남한에서는 대략 다섯 개의 정치세력이 할거하고 있었다. 미군정부, 임시정부세력(김구), 미주세력(이승만), 우파세력(송진우), 좌파세력(박헌영), 이들을 통합할 수 있는 능력과 위치에 있던 사람이 바로 여운형이었다.

무질서와 혼란을 바로잡기 위해 해방직후 출범한 '건국준비위원회'는 국민의 폭발적인 지지를 받았다.

겨우 일제에서 해방된 후 여운형은 둘로 갈라진 조국의 통합을 위해 위험을 무릅쓰고 다섯 차례나 김일성을 만나기 위해 38선을 넘었다.

여운형은 1947년 7월 향년 61세에 혜화동 로터리에서 암살당한다. 여운형은 생전의 신한청년단 조직, 파리 강화회의 독립청원서 제출, 3·1혁명의 지하수맥 역할, 대한민국임시정부 수립의 주역 중의 주역, 언론사 사장으로서 손기정 선수의 일장기 말소, 건국준비위원회 조직활동......등 여운형은 조국의 독립과 통일정부 수립을 위해서 싸웠던 진보적 민족주의자였다.

몽양은 일제시기의 중국의 손문, 모택동, 주은래, 소련의 레닌, 스탈린 등 당대의 내로라하는 정치인들과 만나 조선 독립문제를 토론했고, 심지어 적국인 일본 천황과 다나카 대장등을 만나 당당히 독립을 역설했다. 또한 해방 후에는 미군정의 하지 중장, 아놀드 소장, 김일성과 김두봉, 러시아의 로마넨코 소장 등과 만나 좌우 정치 세력의 합작과 통일을 모색했다.

또한 당시로는 드물게 소련, 중국, 일본, 동남아, 아프리카, 유럽 등 세계를 돌아보며 국제 감각을 터득하였다. 당대 최고의 세계적인 정치 지도자라고 해도 손색이 없는 인물이었다.

호치민, 등소평 못지않은 세계적 정치 지도자였다.

나. 억울한 노예살이

　　무릇 아침은 시간적으로 전날의 연장이지만 1945년 8월 15일 아침만은 14일의 연장이 아니었다. 41년간의 억울한 노예살이의 지리한 밤이 끝나고 광명의 새 역사의 시작을 알리는 새 조선의 거룩한 아침이었다.

　압제에서 해방으로, 예속에서 독립으로, 속박에서 자유로 비약하는 아침이었다. 동쪽하늘에서 유난히도 빛나는 아침 해가 눈부시게 솟아올라 이 강산을 아름다운 노을빛으로 채색했다. 이 나라 반만년 역사의 이토록 아름답고 찬란히 빛나는 아침이 있었던가! 낮 열두시, 일본 천황 히로히토가 울먹이며 무조건 항복에 대한 발언을 하였다.

만세! 만세를 부르는 사람들의 얼굴은 뜨거운 눈물이 좔좔 흘렀다.

서로 얼싸안고 돌아가는 사람, 마당에 뒹구는 사람, 어느새 거리거리에는 독립만세, 해방만세를 부르며 달려나온 사람들의 물결이 차고 넘쳤다. 광화문 앞에 이르렀을 때 어떤 청년이 마분지로 만든 확성기를 입에 대고 외쳐댔다.

"여러분! 일제는 드디어 패망했습니다. 조선은 독립했습니다. 이제는 우리 조선 사람들이 활개치며 살게되었습니다! 만세! 만세!"

함성이 터져 올랐다.

젊은이, 늙은이, 어린이, 아낙네, 심지어는 지팡이에 겨우 몸을 의지한 할아버지까지 나와 울고 웃고 만세를 부르며 서로 얼싸안고 돌아갔다. 이런 광경은 서울의 거리거리 어디서나 펼쳐졌다.

아마 서울이 생긴 이래 이렇게도 많은 사람들이 거리에 떨쳐 나와 본 적이 없을 것이다.

그러나 곧 미군이 38도선 이남에 진주한다는 소식이었다. 원래 38도선이란 일본 군대의 무장해제를 위한 분단선으로서 미소간의 전시협정으로 체결된 것이다. 아! 그러나 모름지기 미군도 북에서 소련군이 한것처럼 남에서 행정의 일체를 조선 사람에게 넘겨줄 것이라 생각되었다.

해방 후 미군이 들어올 때까지는 근 한달이란 기간이 있었다. 만약 그때 남한의 애국적 민주역량이 하나로 튼튼이 뭉치어 친일파와 민족반역자들을 숙청했다면 남한의 정세는 전혀 다른 길로 흘렀을 것이다.

1945년 소련,미국, 영국이 참가한 모스크바 3상회의에서, 조선이 독립 국가로서 민주주의와 자주적 발전을 이룩할 수 있도록 하기 위해서는 미·소·영·중 4개국이 5년 이내를 기한으로 하는 후견을 실시하기로 한다. 이남 정세는 또 한번 혼란과 진통을 겪지 않으면 안 되었다.

모스크바 3상회의 결정을 둘러싼 여러 정치세력들의 서로 다른 입장에서 비롯된 것이다. 그러나 이때 만약 전체 인민이 단결하여 모스크바 결정을 관철시켰더라면 민주주의 임시정부가 섰을 것이며, 분단 50년의 비극은 없었을 것이다.

1946년 2월 9일 김일성은 북조선임시위원회 위원장으로 선출되었다. 김일성은 당시 우리나라는 사회의 모든 분야에서 일제 잔재와 봉건잔재가 뿌리깊이 남아 있으므로 우선 이를 청산하고 인민이 정권의 주인이 되어야한다.

전체 인민이 누구나 다 동등한 정치적 권리를 가지게 하여 인민의 이익을 철저히 옹호하는 진정한 민주주의 독립국가를 건설해야 한다고 주장한다.

다. 김일성의 북한 개혁

　　　　1946년 김일성은 북한에 토
지개혁, 산업국유화와 노동법령, 남녀평등법령을 발표하
고 공산당과 신민당을 합당하여 북조선 노동당을 창건한
다. 남쪽에서는 미국이 좌우합작을 생각하고 3당 합당을
파탄시켜 민주역량을 와해시키고, 단독정부를 세우기위
해 정치적 기반을 닦자는 것이고 공산당과 신민당 인민
당의 3당 합당문제는 난관에 부딪쳤다.

　　1946년 11월 23일 남한 노동당 창립대회가 열렸지만

말이 노동당이지 사실은 공산당 간판을 노동당 간판으로 바꾸어 놓은데 지나지 않았다.

여운형은 허헌, 박헌영, 백남운과 만나 3당 합당의 실현대책을 토론했다. 그러나 3당 합당은 제대로 이루어지지 않았다.

이승만은 미·소공동위원회가 한창 진행 중이던 1946년 4월 6일 샌프란시스코발 AP통신으로 남조선 단독정부설을 유포시킴으로서 민족분단의 심연으로 정국을 이끌었다, 미국이 바란대로 1차 미소공동위원회는 결렬되었다.

1946년 6월 4일 이승만은 전라북도 정읍에서 행한 연설에서 '우리는 남조선 만이라도 임시정부 혹은 위원회 같은 것을 조직해야한다'고 했다. 그 후 이승만을 지지하던 우익 인사들이 단독정부 노선만은 반대했다.

이승만의 반탁운동에 편승하였던 김구도 '아니, 민족을 둘로 갈라놓고 대통령을 해먹자는 말인가, 고얀놈 같으니라고. 나는 죽어도 민족적 자주통일 정부를 세워놓고 죽겠다. 목숨을 걸고 단독 정부를 반대하겠다.'고 하며 펄펄 뛰었다.

아! 반세기가 지나도록 민족 분단의 비극의 역사를 살아오는 우리민족에게 있어서 조국 통일을 위한 성스러운 투쟁의 길에서 특출한 공을 세워 조국 청사에 길이 그이름을 빛내 주어야 할 투사들, 열사들은 그 얼마나 많겠는가. 「신동아」(1987년 5월호)에 '해방정국에서 이승만은 사실상 불안전한 위치에 있었고, 특히 그를 지지해주는 직접적인 조직체를 가지고 있지 않았기 때문에 여운형, 김규식, 김구등에 비해 불리한 위치에 놓여 있었다. 또 '단정 노선의 첫 발원자는 미국무성이었으며 선전의 담당과 그 과정에서의 책임은 한민당에 있었다고 할 수 있다. 그러므로 단정노선은 미국무성, 이승만, 한민당 3자 사이의 합작품이라 할 수 있다.'고 기록한다.

'격강이 천리'라는 말이 있다. 서로 가까이 있으면서도 강이 가로막혀 쉬이 오갈 수 없다는 뜻에서 나온 것이다. 그렇다면 분계선을 사이에 두고 서로 오가지 못하는 남과 북의 겨레들을 가르켜 '격선의 천리'라고 할 수 있을까! 하지만 그 비유도 적당치 않다. 분단 50년 동안 오가지 못하는 것을 어찌 천리라는 표현에 비길 수 있겠는가.

과학과 기술의 시대에 살고 있는 현대인들은 대양과 대륙을 넘어 지구촌 한 끝까지라도 단숨에 날아 다니고 있는데 우리 인민은 제나라 제땅에서 서로 오갈수 없고 편지조차 할 수 없으니 비극중의 비극이 아니랴. 얼마나 많은 사람들이 생이별한 부모 처자, 친척, 친우들을 한 번 만이라도 만나 보았으면 하는 사무친 한을 풀지 못한 채 저세상 사람이 되었는가.

여운형의 딸은 아버지 묘소에서 외쳤다.

'아비지, 우리 민족은 제 할 바를 알고 있는 힘있는 민족입니다. 온 민족이 대동단결하고, 나라의 통일을 이루는 것은 아버지의 뜻이면서 온 겨레의 소망입니다.'

몽양 여운형 선생은 말하는 것 같다.

'나는 이미 늙었다. 그러나 나는 너희들에게 부탁한다. 이미 썩은 기둥을 너희들의 손으로 뽑아버리고 조선의 소나무를 정성껏 다듬어 청년들이 바라는 새 조선의 집을 지어라, 모든 명예, 모든지위가 청년들의 것이니 내 한줌 걸음이 되어 조선의 소나무를 살찌운들 무슨 한이 있으랴.' 하고 말이다.

3

이념에 의한 민족의 비극
-김일성의 오판, 한국동란

가, 중국에서는 국공합작

중국에서는 국공합작이 무너지고 국민당 장개석이 분리된다. 드디어 공산당의 모택동은 장개석의 국민당과 싸움의 장정에 나선다.

공산당의 모택동에 의해 중국대륙이 승리에 나서고 중국은 모택동에 의해 공산주의 국가가 된다.

러시아는 레닌의 의해 볼셰비키혁명이 일어나고, 1950년 스탈린의 통치를 받고 있었다.

북한에서는 김일성이 노동당의 주석이 되어 있었다.

1950년 김일성은 중국의 모택동, 러시아의 스탈린과 전쟁할 것을 상의한다.

36년간 일제의 식민지에서 해방된 우리민족에게 38선은 운명의 선이었다.제2차 세계대전의 승전국들이 그은 선이라 숙명처럼 받아들였던 실제적인 고정선이다. 일본군의 무장해제를 명분으로 남과 북에 진주한 미군과 소련군은 38선을 경계로 군정을 실시한다.

1945년 민간인의 왕래가 차단되고 전화와 우체국 철도 운행도 금지된다. 9월 6일 해주 서울 간의 전화가 단절된 것을 마지막으로 38선은 고정된 선으로 자리 잡았다.

소련 군정하의 북한은 김일성 주도로 인민위원회를 발족시켜 사회주의화를 단행한다.

북한지역의 산업의 90퍼센트 이상을 국유화하고, 1947년 2월에는 임시인민위원회를 북조선 인민위원회로 개편, 단독정부 수립을 준비한다. 남한사회는 신탁통치를 둘러싼 국제회담 상황에 좌우되면서 사회불안이 계속된다.

북한지역에 소련군이 진주한 것과 달리 미군은 미소

간의 분계선을 믿고 한반도 진주를 느긋하게 추진한다.

서울에 입성한 미군은 9월 9일 점령군 사령부를 설치하고 그날 오후 4시 총독부 건물에서 일본군의 항복문서 조인식을 한다.

3일 후인 9월 12일 미육군 군정청이 문을 열고 군정에 들어갔다. 미군정은 남한 내에 정치적 중립을 표양하고 사상의 자유를 인정한다. 미군정하의 남한은 자유로왔다.

북한이 김일성 중심의 집권화를 진행한 것과 달리 남한 사회는 정치세력을 규합하기 쉽지 않았다.

남한 사회를 결정적으로 들끓게 만든 것은 1945년 12월 모스크바 미·영·소 3국 외무장관회담에서 결정한 신탁통치안이었다.

이 결정은 남한사회의 극심한 좌우 이념대립을 불러왔다.

임시정부 수립을 논의하기 위해 2년에 걸친 미소공동회담도 성과를 내지 못한다. 미군은 신탁통치안의 포기를 선언하고 모든 문제를 유엔에 이관한다.

1947년 11월 14일, 유엔은 남북한 총선거 실시를 결정한다. 남북한 총선거를 위해 유엔 한국임시위원단을 한국에 파견한다. 소련측은 이들의 입북을 허용하지 않았다.

유엔은 위원회 활동이 가능한 남한지역에서만 총선거를 실시하기로 한다.

1948년 5월 10일 정부 수립을 위한 총선거가 실시된다.

7월 17일, 대한민국 헌법과 정부조직법이 공포되고 해방 3년만인 1948년 8월 15일 대한민국 정부가 수립된다.

남한에 대한민국정부가 수립되자 북한은 1948년 9월 9일 곧바로 김일성을 수상으로 추대하고, 박헌영을 부수상으로 삼아 조선인민공화국을 수립한다.

1949년 6월 29일 주한미군이 철수한다. 9월 19일 소련도 북한에 주둔한 소련군 철수 계획을 발표한다. 주한미군이 철수할 즈음 38선을 경계로 남북한의 충돌이 잦았다.

1950년 6월 25일 새벽 4시, 북한군은 '폭풍'이라는 공격명령과 함께 서쪽의 옹진반도로부터 개성, 전곡, 포천, 춘천, 양양 등 4개 축선 11개 지점에 이르는 38도선 전역에서 전면 남침을 개시한다.

　북한군은 T-34소련제 탱크 242대를 가지고 있었고, 170여대의 전투기를 포함하여 200여 대의 비행기를 갖고 있었다. 병력은 20만을 넘어섰다.

　반면 국군은 탱크와 전투기는 전무했고, 단지 20여 대의 훈련용 연습기와 연락기가 전부였다.

나. 한국전쟁은 김일성의 오판

낙동강까지 남하한 전쟁은 이념이 낳은 민족의 비극이며 김일성의 오판이었다.

만일 한국전쟁이 없었다면 오늘날 우리민족은 어떻게 되었을까? 생각해 보게 되며 왜 한국전쟁이라는 민족의 비극을 겪어야만 했었을까? 필연이었나? 우연이었나? 필연이라고 하기에는 왜 그랬어야만 하는가? 묻게되고, 우연이라고 하기에는 국내외적으로 영향이 너무 컸다.

김일성이란 지도자의 오판이라고만 생각할 수도 없

다. 국내외적인 상황이었던 것이다.

한국전쟁의 영향은 민족적 세계적으로 너무나 컸다. 또 중공의 지위 강화였다. 또 한국전쟁은 패전국인 일본의 경제부흥과 보수체제의 안정에 이바지 했다.

『북한 30년사』에 따르면 남한의 민간인 피해는, 피학살자 12만 8,936명, 사망자 24만 4,532명, 부상자 22만 9,625명, 피랍자 8만 4,532명, 행방불명 33만 312명, 의용군 강제징집자 40만여 명, 경찰관 손실 1만 6,816명 등 140여만 명이다. 또 북한군 사망자 52만여 명, 부상자 40만 6,000여 명, 민간인 손실 200만여 명이다. 유엔군은 15만여 명의 인명 손실을 내었고, 중공군의 인적 손실은 약 90만여 명이다.

인적 손실과 더불어 이산가족 발생 1,000만명 규모로 알려져 있다. 북쪽의 물적 손실은 광업 생산력의 80%, 공업 생산력의 60%, 농업 생산력의 78%가 감소했다.

금속제품, 전기제품, 건설제, 어업부문에서 생산이 60-90% 떨어졌다. 선철, 구리, 알루미늄, 알카리 화학비료 부문에서 생산의 감소가 훨씬 심했다.

90만 6,500에이커의 농지가 손상되었으며 60만 채의 민가와 5,000개의 학교, 1,000개의 병원이 파괴되었다.

남쪽은 휴전 직후 집을 잃고 거리에서 방황하는 전재민의 수가 200만여 명, 굶주림에 직면한 인구가 전체 인구의 20-25%가 되었다. 또 900개의 공장이 파괴되고 제재소와 제지공장 금속공장을 비롯한 작은 생산소들은 거의 전부 파괴되었다. 약 60만 채의 가옥이 파괴되고, 교통, 체신, 시설이 막대한 손해를 입었다.

물적 손해보다 심각한 손해는 민족 내부의 불신과 적대감이다. 서로 상대방을 증오하고 복수심을 갖게 되었으며 평화적인 통일의 분위기를 가로 막았다.

남과 북 모두에서 흑백논리의 사고방식이 자라 의식세계가 경직되었고, 상대방과의 타협과 대화 자체를 죄악시 하는 분위기였다. 또 남과 북 모두에서 중도적 이념을 추구하는 세력이 성장할 수 없었고, 어느 한쪽으로 편향된 이념과 세력만이 집권하게 되었다.

한국전쟁은 남한의 대외 관계에도 영향을 주었다. 한국전쟁은 미국이 남한의 구원자이며 은인이라는 믿음을 국민들 사이에 심어주었고, 미국과의 동맹관계가 국가의 안전을 보장하는 필수적인 요소로 받아들이게 했다.

한국전쟁은 또 유엔에 대한 믿음을 강화시켰다. 유엔이 북한의 남침으로부터 국가를 건져주었다는 인식은 유엔을 상대한 외교를 중시하게 했다.

한국전쟁은 한국의 문학세계의 대해서도 큰 영향을 주었다. 한국의 대표적인 소설로 꼽히는 작품들이 대부분 한국전쟁을 다루고 있으며, 전쟁을 겪고 난 나라에서는 반전문학이 성장하는 것이 일반적이다. 그러나 한국 여건은 반전문학의 성장을 기대하기 어렵게 만들었다.

그러나 전쟁의 비인간성에 대한 고발, 인간을 누르는 경직된 체제와 이념에 대한 냉소, 약소민족의 운명을 자의적으로 처리하는 강대국가들에 대한 반발, 그리고 전쟁의 피해자들을 향한 깊은 동정 등이 강조되었다.

인류 역사상 한 공간에서 전국민과 25개국의 200만에 가까운 군인이 치열하게 치른 전쟁도 흔치않다.

당시 세계의 독립국가 93개국 중에서 60개국이 남한에 병력이나 군수물자를 제공했고, 소련과 중국이 북한에 공군 및 지상군을, 불가리아, 체코슬로바키아, 헝가리, 폴란드, 루마니아는 의료 지원을 했다. 몽고와 동독도 추가 원조를 했다.

만일 북한에 의해 남한이 완전히 점령되었으면 어떻게 되었을까? 또 압록강 이북 북한을 미군과 국군이 완전 점령하게 되었다면 오늘날 어떻게 되었을까?

오늘의 대한민국은 전쟁의 폐허와 절망의 끝자락에서 다시 일어선 위대한 역사의 승리다.

끝나지 않은 전쟁의 실체를 보는 과정은 이 시대의 요청이다.

피로 겪은 전쟁을 소중한 문화의 에너지로 삼는 것이 미래를 여는 역사의 지혜다.

다. 군사분계선의 설정

1953년 7월 27일 22시에 휴전됨으로서 한반도 가운데 155마일의 군사분계선이 설정되며 군사분계선(DMZ)을 휴전선이라 한다.

비무장지대(DMZ)이 확립된 것이다. 1957년 7월 27일, 옛 판문점 자리에서 유엔군 총사령관, 북한군 최고사령관, 중공군 인민지원군사령관, 3자 대표가 정전협정문(휴전 협정문)에 서명하며 6.25 한국전쟁 정전협정이 체결된다.

군사분계선을 경계로 남북한이 전쟁을 잠시 멈춘 휴전의 경계선이라 하여 휴전선이라 부른다.]

비무장지대는 남쪽과 북쪽으로 각각 2km씩 물러난 비무장지대는 약 2억 7천만 평 규모의 비무장지대에는 기존에 있던 쌍방 군대를 철수하고 군사시설 및 무기를 철거하고 앞으로 군대의 주둔과 군사시설 설치 및 무기의 배치가 금지 된다.

1953년 7월 27일 전쟁 1,129일 차, 전 전선 오후 10시를 기해 전투 중지, 유엔군 사령부 휴전협정에 따라 정식으로 결정된 군사분계선 발표, 휴전협정 조인, 김일성 북한군 최고사령관 오후 10시 평양에서 휴전협정 전문에 정식 서명, 이승만 대통령 휴전 조인에 성명 발표, 아이젠하워 미 대통령 한국 구제기금 1회분으로 2억달러 지출 의회 요청, 모스크바 방송 모스크바 정부는 북한 정권 정부에 대하여 통일과 부흥을 위한 노력을 보증한다고 보도, 정전 후 미·중·소 관계국 등은 6.25 전쟁을 정치적으로 종결지기 위한 정치 회담 개최에 합의한다.

1954년 4월 26일, 스위스 제네바에서 회담이 열렸다.

유엔군 측에서는 남아프리카공화국을 제외한 15개국이 공산군 측에서는 소련과 중국이 참석한다. 2개월 간 열린 제네바회담은 국제사회의 감시하에 한반도 통일을 위한 선거와 외국군 철수 문제가 논의되지만 1954년 6월 15일 결론을 얻지 못한채 결렬된다.

정전 체제를 국제적으로 묵인한 것과 다름없었다. 휴전선은 세계가 그어준 국제선도 국경선도 아니다. 휴전선을 평화의 선으로 변화시키는 남북의 노력이 필요하다. 38선은 고정선이지만, 휴전선은 유동선이다.

우리가 이 유동선을 통일의 출발선으로 바꾸어 나가야 한다. 시간으로 잃어버린 동질성을 회복하려면 남북 모두가 의식개혁을 수반한 통일을 위한 지혜를 모아야 한다. 그러기 위해서는 시간과 인내가 필요하며 책임과 진정성을 갖고 평화와 협력의 길로 나가야 한다.

경제적으로 함께 번영해 한반도 신뢰프로세스를 구축하고 이를 근거로 서로 믿고 의지하여 남북이 힘을 합해서 민족의 재도약을 위한 평화통일을 이룩해야 한다.

4

철도 르네상스를 꿈꾸며

가. 남북기본합의서

남북간 철도연결사업은 1990년 남북기본합의서에 포함되었지만 진전을 보지 못하다 2000년 6월 15일 남북공동선언 이후 본격적으로 추진되어 왔다.

현재는 경의선과 동해선의 노반 및 선로 공사는 다 끝났고, 양쪽의 북측 구간에서 각각 3개 역사의 마무리 공사가 진행되고 있는 상황이다. 철도연결공사의 공정만을 놓고 본다면 남북철도연결공사는 거의 다 마친 상태로 이제 열차가 달리기만 하면 된다.

시베리아 횡단철도(TAR)은 평양에서 블라디보스톡 · 하바로프스크 · 울란우데 · 노보시비르스크 · 에카테린부르크 · 모스크바 · 민스크, 서유럽의 독일 · 프랑스를 거쳐 해저터널을 지나 영국까지 이어진다. 또 만주횡단철도(TMR), 몽고횡단철도(TMGR), 중국횡단철도(TCR)가 모두 평양에서 이어진다. 평양에서 베이징 · 청저우 · 우한 · 난닝, 베트남 하노이 · 다낭 · 호치민, 캄보디아 프놈펜을 거쳐 태국 방콕, 싱가포르, 말레이시아 쿠알라룸프르까지 평양에서 이어진다.

1945년 9월 11일, 서울을 출발한 마지막 열차가 신의주에 도착한 이래 민족의 혈맥은 그어졌다.

경부선은 1899년에서 1905년 사이에 건설 되었으며, 1906년 경의선이 개통된 이후 부산과 신의주를 직통하는 급행열차가 1908년 운행되었다. 경부선은 경의선과 더불어 일본이 한국에서 러시아 세력을 배제하고 독점적 지위를 확보하기 위해 부설한 철도이다.

이제 남북철도는 달리기만 하면 된다. 남북철도사업이 남북한 간의 군사적 긴장완화, 정치적 신뢰구축, 나아가 동북아 지역의 평화와 안정에 크게 기여할 것이다.

또 남북간 교통로가 연결되면 문화의 교류가 활성화되고, 북한 관광의 물꼬가 트이는 등 남북간의 왕래가 획기적으로 확대된다. 이처럼 교류가 확대되면 남북간 민족적 동질성 확보에 기여할 것이다. 남북철도가 연결되고 대륙철도와 연결된다면 지금까지 우리나라가 접근하기 어려웠던 새로운 시장을 개척하게 됨으로서 발생하는 경제적 효과가 무궁할 것이다.

또 북한의 김일성은 1994년 6월 30일 벨기에 노동당 중앙위원장과의 담화에서 남북철도 연결을 통해 남북 모두 큰 이득을 얻을 수 있다고 주장하며, 그 기대효과를 구체적으로 연 15억 달러라고 말한 바 있다.

남북철도연결사업은 유훈사업의 성격을 띠고 있다. 남북철도 연결이 가져오는 경제적 이득은 비단 남북한에 국한 되는 것이 아니다. 남북철도가 이미 구축되어 있는 동북아 네트워크에 편입되면 이 지역의 경제협력 확대에 크게 기여할 것이다.

러시아, 중국, 몽골의 풍부한 천연자원과 한국, 일본의 자본과 기술이 유기적으로 상호 협력한다면 무한한 발전 가능성이 있는 지역이다.

실제로 동북아시아는 북미, EU와 함께 세계 3대 교역권의 하나로 부상하고 있다.

현재 전세계 GDP의 20%를 점유하고 있는 동북아시아는 2020년 그 비율이 30%로 확대될 전망이다.

총 인구수가 유럽연합의 4배에 달하고, 인구 100만명 이상의 대형 성장 거점도시도 50여개에 달한다.

시베리아 천연가스가 본격적으로 개발되고, 한반도에서 유럽으로 이어지는 철의 실크로드까지 건설되면 동북아시아는 생산과 투자, 금융과 물류, 정보와 기술이 모였다가 퍼져 나가는 세계 경제의 중심축이 될 것이다.

남북철도와 시베리아횡단철도 중국횡단철도, 만주횡단철도의 연결은 동북아 간선 운송로의 연결, 그리고 아시아와 유럽을 연결하는 대륙 교통의 활성화로 이어질 것이며, 결국 인천국제공항의 항공운송, 부산 광양항의 해상운송을 포함하여 한반도가 교통 운송의 허브 기능을 담당하는 시너지 효과를 발휘한다.

동북아시아 철도 네트워크의 유일한 미싱탱크인 남북 철도가 연결되면, 운송비 절감, 수송거리 및 시간단축, 통관운임수입같은 직접적 혜택과 교통물류 체계의 효율화가 가져오는 유무형의 과실을 남한과 북한은 물론이고 철의 실크로드에 인접해 있는 모든 국가들이 함께 나눌 수 있다.

시베리아횡단철도여행을 하다 보면 대륙철도 시대는 미래가 아니라 현실임을 확인하게 된다.

지금 이 시간에도 열차들이 런던에서 베를린과 모스크바를 거쳐 시베리아초원을 달리고 있으며, 카자흐스탄, 몽골, 또는 만주와 중국을 관통하여 질주하고 있다.

유럽의 대도시와 모스크바 울란바트르와 베이징 또는 블라디보스토를 운행하는 국제열차는 항상 만원이다. 특히 방학기간이나 날씨가 좋은 여름에는 적어도 3개월 전에 예약을 해야 좌석을 확보할 수 있다. 핀란드, 스웨덴 등 북유럽의 고등학생들은 이 열차를 타고 수학여행을 다닌다. 실크로드가 단순한 무역의 길만이 아니라, 사람과 사람의 만남을 가져오고 문명과 문화 교류를 가져오며 친구를 만들었듯이 철의 실크로드 역시 교류와 평화를 만드는 장소임을 확인하게 된다.

같은 열차를 타고 며칠씩 함께 여행하다 보면 사람들은 피부색이나 나이, 언어와 상관없이 금방 친하게 된다.

또 시베리아횡단 철도여행이 특별한 것은 열차가 지나가는 이길에서 지난 100년의 과거와 현재 그리고 미래를 체험할 수 있다.

25년에 걸친 건설공사와 지난 세월 고통받은 사람들의 역사, 그리고 러시아 마지막 황제 의 비운의 역사가 있고, 이 열차로 레닌과 스탈린이 망명길에 올랐고, 도스토예프스키가 유형지로 끌려갔다.

또 우리의 머나먼 선조들이 마침내 한반도에 정착하기까지 남하했던 길일 수 있으며, 또 다른 선조들이 북방을 정복하기 위해 달려나가던 길이기도 하다.

그리고 일제 강점기에 우리나라 애국지사들이 이용하며 몸을 숨겼고, 중앙아시아로 강제 이주되던 카레이스키들이 시베리아횡단열차의 여독으로 죽음을 맞았던 길이기도 하다.

이와같이 시베리아횡단철도여행은 반세기가 넘는 내전과 단절의 굴레를 벗어던지고 러시아에 이르는 길을 발견하는 여행이며, 또한 그만큼의 세월 동안 러시아 땅에 묻혀있던 우리 민족이 간직해 온 대륙의 꿈을 되찾기 위한 여행이기도 하다.

남한은 분단국가로서 섬 아닌 섬으로 대륙과 단절되어 있지만, 북한은 지리적으로 중국 및 러시아와 접경하고 있다.

이러한 이점을 살려 북한은 국경역에서 러시아 중국의 철도망과 연결되어 국제화물 및 여객을 수송하고 있다.

우리나라 철도망의 기본 골격은 일제시대 갖추어 졌다. 당시 일본은 조선철도를 대륙 진출을 위한 교두보로 만주, 중국 등과 연결된 대륙철도망을 건설한다.

이광수의 『유정』에 등장하는 이르쿠츠크나 바이칼 호수의 정경, 하얼빈, 우스리스크, 블라디보스톡, 하바로스크에 남아 있는 애국지사들의 발자취를 살펴보더라도 분단 이전에는 우리 민족의 활동무대가 만주나 시베리아 대륙까지 뻗어 있음을 알 수 있다.

해방 전 우리나라는 여섯 개의 대 중국노선과 한 개의 대 러시아 노선이 운영되었다.

한국전쟁으로 세 개의 중국노선이 파손되어 북한은 중국과 신의주 단둥 남양–도문, 만포–집안 등 세 개의 노선을 그리고 러시아와는 두만강–핫간간 한 개의 노선을 운영하고 있다.

북한의 국영철도 운영은 철도청 국제교통국에서 담당하며 신의주, 만포, 남양 및 두만강지역의 국제운송사업

소를 두고 있다.

북한과 중국은 1954년 1월 25일, 조중직통철도운행 협정을 체결하고 같은 해 1월 3일부터 평양-북경간 여객열차 운행을 시작했다.

블라디보스토크-하바로프스크-이르쿠츠크-옴스크등 러시아 시베리아철도와 북한은 연결되어 있으며, '조소국제철도공동위원회'를 통해 양국이 협의하여 운행한다. 1987년 4월부터는 이 철도를 통해 국제여객열차가 평양-핫산-하바로프스크-바이칼-모스크바간 1만 214km의 거리를 주 2회 왕복 운행한다.

우리나라 철도는 그동안 섬 아닌 섬 나라로 분단된 국토에서 기껏해야 450km의 폐쇄된 공간에 갇혀 한정된 역할을 하는데 만족할 수 밖에 없었다.

그러나 삶의 질에 대한 욕구, 지속가능한 개발을 특징으로 하는 21세기 철도는 미래지향적 친환경 교통수단으로 재평가되고 있다.

이제 21세기를 맞이하여 대륙철도망을 완성하는 우리

철도는 동북아공동체를 거미줄처럼 연결하여 새로운 한류문화와 생활양식을 전달하는 통로가 될 것이며, 이를 기초로 새로운 동북아 문명이 꽃피는 자양분이 될 것이다.

끊어진 경의선 위의 녹슨 철마처럼 일시적으로 길이 단절되는 경우도 있겠지만, 그러나 영원한 단절은 있을 수 없다,

한번 지도가 그려지고 나면 언젠가 반드시 누군가는 그 길을 찾아 나서게 되리라.

마치 지금 우리가 경의선 경원선을 다시 이어서 북한으로 중국으로 러시아로 떠나려 하는 것처럼 말이다.

나. 대륙철도 분단극복을 향해

현재 우리나라 남한의 부산역, 용산역, 서울역은 대륙철도의 종착역으로 준비를 마친 상태이다. 이제 마지막 남은 시대적 과제인 분단극복을 향해 달려나갈 때이다.

남녀노소 차별없이 남과 북 차이없이 열차안에 마주앉아 웃으며 달릴 수 있는 미래는 한반도에서 뻗어나가는 철길 위에 열릴 것이다.

5

가장 주체적인 사학자 - 단재 신채호

단재 신채호 선생은 57년의 짧은 생애를 오로지 구국 언론과 조국 독립 민족 사학 연구에 바친 애국 열사이다. 단재의 삶은 범부 500년의 생애보다 훨씬 값지고 옹골차다.

시인 이은상은 단재에 대해 이렇게 썼다.

사통을 바로 잡고 정기를 세우려고
애타게 외쳤건만 국운을 붙들길 없어
큰집이 무너져 가며 가슴태워 우시더니

봄바람에 몸을 던져 압록강 건너실제

멀어가는 고국강산 울며 돌아 보시던 양

지금 그려만 보아도 가슴이 미어 집니다.

단재는 사학자로서 민주 사학의 골격을 세웠다.

정인보는 단재가 옥사한 직후 쓴 『단재와 사학』에서 "광박한 포부가 동서를 아울러 사학의 정광이 크게 빛나고 사학적 고격과 공고한 장인 정신의 소유자로서 유지기의 재. 학, 식 삼장을 두루 갖춘 청구사학의 1인자"로 평가한다.

안재홍은 『조선 사학 선구자』에서

"그는 구한말의 지도자로서 또는 그의 지속적 노력자로서 중시한 관이 있고, 그의 사상 학식에 관해서도 조선에 있어서의 봉건주의 시대의 말기적 도정에서 자본적인 민족사상 또는 국민주의 발흥하는 시대에 걸쳐 가장 총명하고 예민한 양심으로서 그 개척자적 임무를 다하던 분인 것이다." 고 했다. 단재 선생은 1881년 11월 7일 충남 대덕군에서 태어나 1936년 2월 21일 뤼순 감옥에서 8년의 옥고를 지내던중 돌연 뇌일혈로 옥사한다. 단재 선생은 이렇게 '무슨 하나'가 되는 것보다 '모두 무엇'이 되기를 요구하는 국난기 선각자로서 '시대 정신' 바로 그것이었다. 「꿈 하늘」 등 여러 편의 소설과 「을지문덕」 등 애국 영웅전을 쓴 문인이고, 아나키즘 이론가이고, 가정교육과 여성 계몽을 위한 순 한글 「가정잡지」를 주재한 여성운동가이기도 하다.

단재 선생의 집필 의열단 선언인 「조선혁명선언」은 식민지 시대에 나온 문건 가운데 으뜸으로 치고 있고, 사서인 『조선 상고사』는 민족사관을 일구는 최고의 텍스트가 되고 있다.

압록강 건너 북쪽은 고구려, 발해 시대까지 한민족의 땅이었던 것이 우리의 대륙국가가 쇠망한 이래 거란, 여진 , 몽골, 청나라 등 북중국의 왕조 교체에 따라 중국이 점거하고, 1909년 일본이 안봉선 철도 부설권등 이권과 교환하는 조건으로 이른바 간도협약에 의해 이곳을 중국에 넘겼다.

    몇해 전 한국에서는 남미의 혁명가 체게바라의 30주
기를 맞이하여 그의 평전이 베스트셀라가 되고 서점과
대학가에서는 대형 인물포스터가 붙고, 그의 얼굴을 새
긴 셔츠가 범람하고 언론에서는 특집을 꾸미는 등 야단
법석이었다.

    체게바라는 유능한 혁명가로서 충분한 대접을 받을
만한 식민지 민족해방운동 투사다. 하지만 머나먼 외국
의 혁명투사에는 그럴진대 우리 민족해방을 위해 포악무
도한 일제와 혈전을 벌이며 차디찬 뤼순 감옥에서 홀로
쓸쓸히 고단한 삶을 마친 단재 선생의 30주기인 1966년
과 50주기인 1986년, 그리고 60주기인 1996년을 우리
는 어떻게 보냈는가?

    단재 선생은 체게바라에 비하기 어려울 만큼 투쟁경
력과 사상과 고난의 역정을 갖고 있다. 오히려 그보다 더
욱 이념적이고 열정적이고 극적인 삶과 죽음이었다.

    한말 그가 쓴 구국언론의 논지는 당대 가장 출중한 논
설이었고, 망명지에서 벌인 항일 언론투쟁과 무장투쟁을

통해 일제와 싸우자는 혈전론은 가장 투철한 민족해방운동의 방략이었다.

단재 선생은 신민회 간부들과 논의를 거듭한 끝에 국외로 망명하여 일제와 싸우자는 쪽으로 의견의 일치를 보았다.

신민회는 1906년 안창호, 양기탁, 이동녕, 이갑, 전덕기, 이동휘, 노백린, 조성환 등과 함께 만든 항일운동조직이다.

애국심이 강하고 헌신적이며 자기 생명과 재산을 조직의 명령에 따라 바칠수 있는 사람에 한해서 엄격한 심사를 거쳐 입회할 수 있는 비밀결사였다.

800여 명의 회원을 확보한 신민회는 정치, 교육, 문화, 경제 등 각 방면의 진흥운동을 일으켜 국력을 기르는 데 힘을 썼다.

평양에 대성학교, 정주에 오산학교를 창설하여 인재를 양성하고, 서울에서 '대한매일신보'를 발행하고 대구에서 '태극서관'을 설립하여 문화운동에 힘쓰는 등 망국기 최대 규모의 비밀 조직이었다.

단재는 일찍부터 사회의식의에 눈뜨고 15세 때에 삼남 일대를 폭풍우처럼 휘몰아 치던 동학농민혁명, 그리고 외세의 침탈로 급격히 국권이 무너져 가는 과정을 목도하여 역사의 현장에 적극 나서게 되었다.

단재 선생은 특히 낭가와 낭가사상의 독자성과 주체성을 강조하여 국선, 풍유도, 풍월도가 갖는 의미가 중국의 것과 다르다고 지적한다.

낭가사상의 국선은 투쟁에서 생활하여 도교의 무위와 불언과는 판이하며 낭가를 풍유라 함은 지나 문자의 유희 풍유의 뜻이 아니다.

우리 말의 풍유 곧 음악을 가리킨 것이며, 풍월도는 지나문자의 음풍명월의 뜻이 아니라 우리말의 풍월, 곧 시가를 가리킨 것이라 주장했다.

한국 고대사의 대외 항쟁 승리와 삼국통일은 낭가사상의 발현으로 이루어진 것으로 보이며, 낭가사상의 최고 발현자로서 연개소문, 을지문덕을 들었다.

또 단재는 국방과 국가발전의 원동력으로서의 낭가사상과 이 낭가사상의 주체자로서 고대의 무사적 영웅을 내세움으로서 낭가사상에 입각한 민족적 영웅사관을 수립하게 된다.

최근 중국이 고구려사를 자국의 변방사로 왜곡하면서 만주에 대한 국민의 관심이 높아져 가고 있고, 만주는 고구려와 발해가 동북아의 최강호로 천하를 호령하던 본거지로 이전에는 단군조선과 부여 등 한민족의 원형과 뿌리가 형성된 지역으로 한민족의 고토이고 정신적 본향이기도 하다.

단재는 역사적으로 한·만주 관계를 재정리하여 세계사속에서 만주의 중요성을 강조하면서 오늘날 국제 정세속에서 위급한 처지에 놓인 만주를 구출할 인물이 한국에서 배출되어야 한다고 주장했다.

단재는 만주에는 3.4천년을 전후하여 원래 부여족, 숙신족, 선비족 등이 살고 있었는데 부여족이 흥기하면서 만주의 패권을 잡아 타족들을 그 지배하에 넣고 광대한 영토를 개척하여 고구려라는 대제국을 건설하였는데, 이 지역에서 단군, 태무왕, 광개토왕, 을지문덕, 연개소문 등이 배출되었다고 기록한다.

한국 사학계가 단재의 고대사만 제대로 연구하고, 고증에 충실해 왔다면 감히 중국이 요즘과 같이 역사 왜곡의 망언을 들고 나오지 못했을 것이다.

단재는 "집안현의 유적을 한번 보는 것이 김부식의 고구려사를 만번 읽는 것보다 더 낫다."고 하며 단재의 서간도에서 머문 1년 동안 고대사의 인식과 현장 답사를 통해 대고구려 정신을 일깨우는 매우 중요한 시기였다.

국내에 있을 때 이미 고대사와 고구려 역사 우리 고토에 대한 수준높은 연구를 해온 그에게 고대사의 현장은 연구와 자료 수집에서 보물창고였다.

단재는 한국 고대사의 생생한 자료를 얻기위해 남북만주에 흩어진 고구려, 발해의 유적을 직접 둘러볼 기회를 갖게 되니 역사 연구자로서 큰 감격과 발분을 느끼고,

단재가 백두산에 올랐을 때 조국광복이란 민족적 염원을 기원했다면, 만주지역의 고구려 유적 집안현의 광개토왕비와 왕릉의 거대한 규모를 보고는 한민족이 웅비하던 그 고대적 세계의 위대했던 영광을 피부로 생생히 느낄 수 있었다.

단재의 고구려 중심의 사관은 봉건적인 왕조시대의 고질화된 중국 중심의 화이관, 중세적 유교사관의 사대주의적 교설을 극복 지양함과 동시에 사실의 실증, 발굴을 통한 자주적이고 근대적인 민족사관을 수립함이었다.

한 사학도는 단재는 만주를 포함한 한국 고대사를 종래의 사가들처럼 단군, 기자, 위만 또는 단군, 기자, 삼한, 신라로 체계화 하지 않고 단군, 부여, 고구려로 이어지는 체계화를 시도한다.

이는 단재의 만주에 대한 주권의식과 영토 회복 의식이 작용한 것이며 광개토왕, 을지문덕 등이 만주에서 배출 되었다고 열거한 것은 그의 자강의식과 영웅사관이 보인다.

단재는 국내의 3.1항쟁 소식을 듣고 "전율과도 같은 감격에 사로 잡혔다"고 말했다.

얼마나 기다리던 소식인가. 당장 고국으로 뛰어가고 싶었지만, 그럴 처지가 못되었다.

국내외 정세로 보아 조국 독립의 절호의 기회라고 판단하고 상해, 노령, 미주지역의 망명 동지 들과 빈번한 연락을 취하면서 상해로 건너갔다.

3월 하순에서 4월 초에 걸쳐 이동령, 이시영, 김동삼, 조성완, 조소양, 조완구, 신익희, 남형우, 여운형, 서병호, 신석우, 이광수, 현순, 손정도, 최창식, 김철, 선우혁 등이 상해에 왔다.

단재는 이들과 만나 임시정부 수립을 논의하고 29일 발기인 중의 한명으로 추천되었다.

임시정부 발기인대회에서 회의 명칭을 임시의정원으로 동의되어 의정원이 성립되고 임시정부가 수립되었다.

임시의정원은 국호 문제를 비롯하여 임시정부의 기본 체제에 관한 토론 끝에 국호를 대한민국, 정체를 민주공

화국으로 하고 국무총리를 행정수반으로 내각책임제 정
부 구성에 합의했다.

이은상 시인의 곡 단재선생 묘를 인용하며 가장 주체
적인 사학자 단재선생에 대해 적는다.

청주시에서 자동차로 60리, 낭성면에 이르러 다시 도
보로 10리, 빠듯한 귀대리 산촌을 찾으니 거기가 바로
단재 신채호 선생의 고향이자, 또 뒷날 유해를 안장해 모
신 곳이다.

나는 혁명 선배의 무덤앞에 엎디어 절하고 한걸음 물
러 앉아 조국에 바친 선생의 슬픈 인생을 생각하며 노래
를 바쳤다.

1953년 12월 21일.

풍운 뒤덮인 속에 조국 운명 가로놓여
존망이 달렸거든 엎디어만 있으리요
가슴에 큰 뜻 품고 고향 산천 떠나시니

청춘의 타는 정열 한자루 붓에 맡겨
던지는 글자마다 불덩이를 뿜었건만
무디다 국정민심 깰 줄 어이 모르던고

사통을 바로잡고 정기를 세우려고
애타게 외쳤건만 국운을 붙들 길 없어
큰 집이 무너져 가매 가슴 태워 우시더니

봄바람에 몸을 던져 압록강 건너실 제
멀어가는 고국강산 울며 돌아보시던 양
지금 그려만 보아도 가슴 뛰어집니다

여관 찬등 아래 밤새워 글을 쓸제
언 주먹 움켜쥐고 입김을 불어 녹이시다
깊은 밤 지는 눈물에 얼굴 몇 번 젖으신고

막대에 몸을 맡겨 몇 천리를 떠돌 적에
한번 세운 큰 소원은 꿈속에도 푸틀러라
눈쌓인 새벽길 나서 또 어디로 가시던고

고구려 국내성에 동간 비 만지시고
발해 옛터에서 남은 주초 뒤적이며
때 묻은 청포 소매를 웃고 내려보옵더니

태산 장강이 막혀있어 갈 길이 아득할 제
피 맺힌 만세 소리 고국에서 들려오네
일어나 횃불 마주들고 길을 밝히시더니

우리들 가야할길 오직 하나 자유 독립
한치도 굽힘없는 날카론 님의 뜻을
하늘은 어찌 그리도 보살피지 않던고

일제의 연호 밑에 내 글랑은 싣지마라
얼음 같은 한마디 말 가슴을 찌르던 일
지금도 안 잊힙니다. 귀를 쩡쩡 때립니다

뤼순옥 찬 마루방 쇠사슬에 묶였을 제
일생도 던져거늘 십년이야 웃었으리
백옥이 깨어 지는날 소리 장강 났더니라

찬바람 궂은 비속에 처량한 님의 모습
가난과 병을 안고 헤메고 다니시며
소리쳐 못울던 일이 한이라고 하시더니

여기는 제 땅이외다 죽어서 묻혀도 제 땅이외다
그날에 못 부른 노래 마음놓고 부르시오
못 울던 울음마저 실컷 한번 우시구려

우리 님 사시던 곳 이름조차 귀래리라
귀래리 옛마을로 돌아와 묻히셨소
비바람 휘몰아 깔고 웃고 누우셨구려

높은 학자 독립투사로 일생을 보내신 인데
초라한 무덤 석자비석 이것에 웬 말인고
내 정을 내 못이기어 한줌 흙을 보탭니다

부인을 찾았더니 그도 진작 가셨다네
인사동 오막살이 숨어 몰래 뵈옵던 일
그리워 말없이 서서 먼 산 바라봅니다

님그려 울던이들 그들조차 가버리고
한 두엇 남은 이들 그 마저 흩어지고
오늘은 외로운 손이 홀로서서 웁니다

낭성 사람들아 이 무덤에 꽃 심고
감나무 호두나무 갗은 과일 다 심어서
외롭던 우리 님 넋을 실컷 웃겨 드리세

6

통일의 발걸음

가. 7.4남북 공동성명

                 해방 공간으로 3.8도선이 그어지고 한국전쟁으로 휴전선이 그어져 남북은 휴전상태였다.

   3.8도선의 잦은 충돌로 드디어 한국전쟁이 일어나고 그 후 남한은 반공사상으로 일관되었다.

   1974년 7월 4일 남북한 당국이 분단 이후 최초로 통일과 관련하여 합의 발표한 역사적 공동성명이 7.4남북 공동성명이었다.

1971년 11월부터 1972년 3월까지 남북한은 한국적 십자사의 정홍진과 북한적십자사의 김덕현을 실무자로 판문점에서 비밀접촉을 갖는다.

이 접촉의 성과를 바탕으로 1972년 5월초 박정희는 이후락 중앙정보부장을 평양에 보냈고 5월과 6월 사이 북한 노동당 제 2부수상 박성철이 서울 방문이 실현되어 남북한 간 정치적 의견 교환이 이루어진다.

6월 29일 이후락과 김영주는 그 동안의 회담 내용에 합의 서명하고, 7월 4일 마침내 서울과 평양에서 공동성명을 발표한다.

이 성명은 통일의 원칙으로
- 외세(外勢)에 의존하거나 외세의 간섭을 받음이 없이 자주적으로 해결하여야 한다.
- 서로 상대방을 반대하는 무력행사에 의거하지 않고 평화적 방법으로 실현하여야 한다.
- 사상과 이념 및 제도의 차이를 초월하여 우선 하나의 민족으로서 민족적 대단결을 도모하여야 한다.

고 밝힘으로써 자주 · 평화 · 민족대단결의 3대 원칙을 공식 천명하였다.

남북한이 분단 27년 만에 합의한 3대 원칙은 이후 남북한 간의 이루어진 모든 접촉과 대화의 기본이 되었다.

이 밖에도 상호 중상 · 비방 · 무력도발 금지, 남북한 간 제반 교류의 실시, 적십자회담 협조, 남북 직통전화 개설, 남북조절위원회의 구성과 운영, 합의사항의 성실한 이행 등으로 이루어졌다.

그러나 남한의 10월 유신(1972. 10. 17)과 북한의 사회주의 헌법 채택(1972. 12)에 보이듯 통일 논의를 자신의 권력 기반 강화에 이용하려는 남북한 권력자들의 정치적 의도로 빛을 잃게 되었고 급기야 김대중 납치사건 (1973. 8)을 계기로 조절위원회마저 중단된다.

7.4공동성명은 한국전쟁 이후 남북한 정치적 대화 통로를 마련했다는 점 이외에도 고위급 정치회담을 통하여 공동성명을 발표함과 동시에 상호 방문을 통하여 쌍방의 당국 최고책임자를 만나 남북문제를 논의하였다는데 의

의가 있다.

하지만 공동성명에도 불구하고 남북한은 서로의 실체를 인정하지 않았고, 박정희 정권은 미국 일본의 북한 승인과 북한 공식 국호 사용에도 민감하게 반응하거나 강력히 반대했다.

박정희는 닉슨 독트린 이후 데탕트를 남북 관계개선을 기회가 아닌 위기로 판단하고 이는 1971년 국가 비상사태 선언으로 이어졌다.

7.4남북공동성명을 전후로 한 시점에서 박정희 정권의 우선순위는 국내 정치였다.

결국 7.4남북공동성명은 한국전쟁 이후 최초의 남북 당사자 간 합의라는 역사적 의의에도 남북한 상호간의 공존 의지가 결핍된 현실로 인해 단명으로 끝나고 남한에서는 유신체제가, 북한에서는 유일체제가 등장하는 결과로 이어진다.

나. 남북 기본 합의서

남북 총리를 대표로 하는 남북 고위급회담에서 채택 서명 발효된 남북한 사이의 화해와 불가침 및 교류에 관한 합의서이다. 이 합의서에서 남북은 남북 화해(제1장), 남북 불가침(제2장), 남북 교류협력(제3장), 수정 발효(제4장)의 4장 25조문으로 구성되어 있다.

1990년 9월의 제1차 고위급회담에서 서문 및 남북화해, 남북 불가침, 남북 교류협력 등 3개 부문 그리고 수정 발효된 항목으로 구성된 기본합의서를 채택 서명한다.

기본합의서는 남측에서 국무총리의 국회 보고, 국무회의 심의, 대통령 재가 등의 절차를, 북측에서 중앙인민회의와 최고인민회의 상설회의 연합회의 승인 후 김일성 주석의 비준의 절차를 거쳐 1992년 2월 19일 제6차 고위급 회담에서 발효되었다.

이 합의서는 남북양측의 국호와 서명자의 직책을 명기함으로서 상호 인정의 토대를 마련하고 남북 관계가 정상적으로 접어드는 기틀이 되었다.

남북 화해와 불가침, 교류와 협력에 관한 대책을 협의하고 이행하기 위한 기구로 화해공동위, 군사공동위, 경제공동위, 상호문화교류위를 운영하도록 규정하고 있다.

아울러 남북의 서로 긴밀한 연락과 협의를 위해 판문점에 연락사무소를 설치하도록 하였다.

그러나 1992년 11월 예정되었던 분야별 공동위 개최는 남한의 팀스피리트 훈련 재개와 북한의 중지 요구 등으로 무산된다.

다. 남북 유엔 동시 가입

1991년 9월 18일 열린 제 46차 유엔총회에서 남북한이 각기 별개의 의석을 가진 회원국으로 유엔에 가입한다.

유엔 총회는 개막식에 이어 남북한과 마셜제도, 미크로네시아, 발트3국 등 모두 7개국의 유엔가입 결의안을 일괄 상정하여 표결없이 159개 전회원국의 만장일치로 가입을 승인한다.

이로서 남북한은 분단 46년, 유엔 창설 46년 만에 독립된 국가의 자격으로 유엔 회원국이 되었다.

남북의 유엔가입으로 서로 한반도의 유일한 합법 정부라고 주장은 더 이상 의미가 없어졌고, 대립과 대결보다 화해와 공존의 가능성이 더욱 커졌다.

또 남북한의 국제적 지위가 향상되고 남북관계의 정상화와 대외 관계에서 새로운 발판이 마련되었다.

그러나 이것은 남북분단의 고착화라는 우려를 낳기도 하는데, 북한이 남북한 동시가입 반대 입장을 철회한 것이 남한에 의한 흡수 통일을 두려워하며 자신의 체제를 방어하기 위한 수단이 아니었냐는 의문이 든다.

양측이 서로를 인정하기로 한 이상 앞으로는 긴장 관계를 해소하고 화해와 대화를 통해 민족의 통일이라는 숙원을 앞당기도록 노력하는 것이 중요하다.

라. 김일성 김영삼대통령 정상회담

1994년 김일성과 김영삼 대통령의 정상회담이 7월 25-27일 평양에서 하기로 결정된다.

카터 전 미국 대통령은 6월 15-18일 평양을 방문하여 김일성과 회담하는 자리에서 김일성이 남북정상회담 카드를 꺼냈다. 18일 판문점을 거쳐 서울에 온 카터의 설명을 듣고 김영삼 대통령은 그 제안을 수락해 남북 정상회담이 극적으로 합의된다.

김일성이 그해 7월 8일 급서하지 않고 정상회담이 예정대로 열리고 7.27 공동선언이 나왔더라면 이후 남북 관계는 어땠을까!

당시 김영삼 대통령은 다른 민족과 국가사이에도 다양한 협력이 이루어지고 있지만 그 어느 동맹국 관계도 민족보다 나을 수 없으며 그 어떤 이념이나 사상도 민족보다 큰 행복을 가져다주지 못한다고 했다.

김영삼 대통령은 또 우리에게 필요한 것은 감상적 통일 지상주의가 아닌 국민적 합의라고 말하며 일부세력의 통일론이나 독점이나 배타성이 지양되어야 함을 강조한다.

김영삼 정부는 고속도로, 철도, 발전소 건설, 남북경협 공단 등 구체적인 경제지원패키지까지 만들었으나 회담 무산으로 모두 묻혔다,

마. 6.15 남북공동선언문

          조국의 평화적 통일을 염원하는 겨레의 숭고한 뜻에 따라 김대중 대통령과 김정일 국방위원장은 2000년 6월 13일부터 6월 15일까지 평양에서 역사적 상봉을 하였으며 정상회담을 가졌다.

  남북 정상은 분단 이래 최초로 열린 정상간 상봉과 회담이 남북 화해 및 평화통일을 앞당기는데 큰 의의를 갖는다고 하며 선언문을 채택했다.

1. 남북은 나라의 통일 문제를 그 주인인 우리 민족 끼리 서로 힘을 합쳐 자주적으로 한다.

2. 남과 북은 나라의 통일을 위한 남측의 연합제안과 북측의 낮은 단계의 연방제 안이 서로 공통성이 있 다고 인정하고 앞으로 이 방향으로 통일을 지향시 켜 나간다.

3. 남과 북은 올해 8.15에 즈음하여 흩어진 가족, 친 척 방문단을 교환하며 비전향 장기수 문제를 해결 하는 등 인도적 문제를 조속히 풀어간다.

4. 남과 북은 경제협력을 통하여 민족 경제를 균형적 으로 발전시키고 사회, 문화, 체육, 보건, 환경 등 서로의 신뢰를 다져 나간다.

5. 남과 북은 이상과 같은 합의 사항을 조속히 실천에 옮기기 위해 이른 시일 안에 당국 사이의 대화를 개최한다.

김대중 대통령은 김정일 국방위원장이 서울을 방문하 도록 정중히 초청하였으며, 김정일 국방위원장은 적당한

시기에 서울을 방문하기로 하였다.

6.15 공동선언이 채택된 후에 남북사이의 다방면적인 교류 협력이 진행되었다.

남북적십자회담, 남북장관급회담, 남북국방장관회담, 남북군사실무회담, 남북경제협력을 위한 실무회담이 진행되었다.

그 외에도 남북전력협력실무협의회, 남북임진강수해방지실무협의회, 남북임남댐공동조사실무 접촉, 남북철도·도로연결실무협의회, 남북해운협력실무접촉이 진행된다.

2000년 8월 현대 아산(주)과 북의 공업지구 건설 운영에 관한 합의서를 체결하여 개성 공단은 시작되었다.

2007년 1월 개성공단 누계생산액이 1억 달러(1천억 원)를 돌파했다. 입주 기업에 대한 2차 분양 결과 183개 기업이 분양받았다.

그만큼 기업들이 들어가고 싶은 공단이 되었다.

바. 10.4 남북 공동선언

　　　　　　　　2007년 10월 2-4일까지 노무현 대통령이 평양을 방문해 김정일 국방위원장과 개최한 남북 정상회담으로

　1. 6.15공동선언 적극 구현

　2. 상호존중과 신뢰의 남북관계로 전환

　3. 군사적 긴장완화 신뢰구축

　4. 6자회담의 9.19공동성명과 2.13합의 이행 노력

5. 경제협력사업 활성화

6. 백두산 관광 실시 등 사회 문화 분야의 교류와 협력 발전

7. 이산가족 상봉 등 인도주의 협력 사업 적극 추진

8. 국제무대에서 민족의 이익과 해외동포들의 권리와 이익을 위한 협력 강화

2007년 10.4선언은 2000년 6.15공동선언에 이은 남북정상회담의 결과라는 측면에서 남북관계의 안정적 관리, 한반도 평화체제 구축을 위한 군사적 긴장완화, 남북 경제협력을 통한 공동 번영 등 한반도 평화 번영을 위한 중요한 계기로 평가된다.

그러나 북핵 및 미사일 문제 해결을 위한 북미 관계 개선, 국제사회와의 협력체제 구축 등 산적한 과제와의 조화로운 협력적 접근 방법을 모색해야 한다는 과제를 동시에 안고 있다.

사. 판문점 선언

2018년 4월 17일 문제인 대통령과 김정은 국무위원장과 정상 회담에서 발표한 공동 선언으로 그 요지는

1. 남북관계의 획기적 개선 및 발전으로 공동 번영과 자주적 한국의 재통일을 앞당김
   - 합의의 철저한 이행 및 실천을 위한 고위급 실무 접촉 지속

- 개성 남북공동연락사무소 설치
- 다방적 협력과 교류 왕래 및 접촉
- 남북적십자회담과 8월 15일 이산가족상봉 진행
- 동해선 및 경의선 철도와 도로 연결 및 현대화

2. 군사적 긴장상태 완화 및 전쟁위험의 실질적 해소
- 일체의 적대행위 전면 중지
- 서해 북방한계선 일대를 평화 수역으로 지정
- 군 장성급 회담을 통하여 군사적 상호 보장 대책 수립

3. 항구적이고 공고한 한반도 평화체제 구축
- 불가침 합의
- 단계적 군축
- 2018년 정전 협정 65주년을 맞이하여 미국 중국과 긴밀히 협력하여 종전 선언 후 평화협정 전환
- 완전한 한반도 비핵화를 위하여 남북이 공동 노력

아. 2018년 5월 26일 제2차 남북정상회담

2018년 5월 26일 문제인 대통령과 김정은 위원장은 판문점 평화의 집에서 필요하다면 언제 어디서든 격식없이 만나 서로 머리를 맞대고 민족의 중대사를 논의하자고 약속, 그리고 꼭 한 달 만에 두 정상은 판문점 통일각에서 만나 2차 정상회담을 열었다.

차. 북미 정상회담

　　2018년 6월 12일 미국 대통령 트럼프와 김정은 국무위원장이 싱가포르에서 가진 정상회담으로 완전한 비핵화, 평화체제 보장, 북미 관계 정상화 추진, 6.25전사자 유해 송환에도 합의 한다.

카. 제 3차 남북정상회담

2018년 9월 18-20일 평양에서 문재인 대통령과 김정은 국무위원장의 정상회담이다.

타. 제2차 북미정상회담

        트럼프 미국 대통령과 김정은 국무위원장이 2019년 2월 27-28일 베트남 하노이에서 가진 두 번째 정상회담이다.

   2018년 6월 12일 북미 정상회담이 싱가포르 센토사 섬에서 열린지 8개월만에 성사된 것이다. 당초 2차 회담을 앞두고 북한의 비핵화 조치와 미국의 상응 조치를 담은 합의가 이루어질 전망이었지만 이틀째 회담에서 경제 완화 등을 둘러싼 양측의 합의 실패로 결렬되었다.

핵 없는 북한은 김일성의 유훈이다.

한반도는 점진적으로 통일의 발걸음을 내 걷고 있으나, 자주적으로도 세계적 노력으로도 어려운 문제에 직면해 있다.

어려운 이유는 남북이 현재 휴전 상태에 놓여 있고, 해방 이후, 6.25 이후 시간이 많이 흘렀기 때문이다. 통일이 어려운 가장 큰 이유는 6.25전쟁인 것이다.

6.25전쟁을 통해 김일성은 남한을 적화 통일하려 했다. 전쟁으로 남한은 반공을 내세웠고, 북한을 주적으로 명시했다.

그리하여 끝없는 군비경쟁을 긴장상태에서 해 왔던 것이다. 우리 민족은 통일을 위해 노력해야한다.

이것은 민족의 절실한 과제이다.

그것을 위해서는 해방공간 이전의 우리 단일 민족의 긴 역사를 교훈삼아 이 시련을 극복하고 6.25 이후 짧은 역사를 극복해야 한다.

광개토왕, 을지문덕, 세종, 이순신, 영·정조 우리의

찬란했던 긴 역사의 단절이 되어서는 안된다. 민족의 영웅들의, 재사들의, 천재들의, 위인들의, 열사들의 혼과 힘을 다시 일깨워야 한다.

GERMAN

7
독일 통일

1945년 제2차 세계대전에서 패전국이 된 독일은 소련군이 진주한 동독과 서방연합군이 진주한 서독으로 나뉘어 분할 통치된다.

그 후 냉전 체제가 굳어지며 1949년부터는 동서 양쪽에 독립된 정부가 들어서 분단이 공식화 되었다. 동서독의 초기 헌법은 서로 대단히 흡사했다.

양국 모두 대통령이 공식 국가수반이었고, 행정부의 정치 수반은 총리였다.

두 나라 모두 전국 선거를 통해 선출되는 인민의 대표

인 의회가 있었고, 지역을 대표하는 또 하나의 의회가 존재했다.

두 독일이 1949년부터 1989년까지 비교적 안정을 누렸다. 유럽은 19세기말과 20세기 초와 달리 더 이상 팽창주의적이고 제국주의적인 강대국들로 이루어진 곳이 아니었다.

유럽은 오히려 세계적인 패권을 지향하는 초강대국인 미국과 소련의 동시 영향권으로 분할되어 있었다.

독일이 도발한 두 차례의 세계대전은 미국을 유럽 문제에 끌어들였다.

제2차대전 뒤에는 분단된 독일이 냉전 즉 자본주의 세계의 패권국가와 공산주의 세계의 패권국가 사이에 벌어지고 있는 대결의 불모지이자 최전방이 되었다. 동독의 정치적 발전은 서독과 무척 달랐다.

1980년대 말 동유럽에서 급격한 변화가 발생하기 전까지, 서구의 관측통들 대부분은 동유럽의 공산주의국가들을 하나로 묶어 전체주의 일당독재 체제로 분류했다.

동독은 헝가리나 폴란드와 달리 개혁을 아예 생각지 않는 완고한 국가로 간주했다.

물론 동독에서 표현의 자유, 결사의 자유, 거주이전의 자유와 같은 인권과 자유가 제약되었다는 사실을 부인할 수 없다.

1945년 동독 헌법이 공포되었을 때 동서독의 헌법은 형식적으로 별반 차이가 없었다. 그러나 시간이 가면서 정치 현실의 차이점이 가시화 되었고 양자 간의 거리는 갈수록 커졌다.

1968년의 새로운 헌법은 그동안 발생한 동독의 사회 경제적 변화를 반영했고, 1974년의 헌법은 서독의 동방 정책이후 빚어진 국제 정치적 변화를 반영했다.

1968년의 헌법은 마르크스 레닌주의 정당, 즉 통일사 회당의 정치적 역할을 보장했고, 모든 정당이 통사당이 규정한 사회주의 기본 노선에서 출발해야 한다고 규정 함으로서 1949년 헌법에 보장되었던 부르주아적 자유에 대해 근본적인 제약을 가했다.

1974년 헌법은 동서독 사이의 물리적 관계가 개선된

이후 양국사이의 문화적 경계를 분명히 하려는 시도였다.

동독은 동독만의 정체성을 강조하며, 독일이라는 관념을 모조리 폄하하고 범독일적 연관성과 친화성을 깍아내리면서 소련과의 긴밀한 관계를 강조했다.

공산주의 체제에서는 국가와 당이 거의 동일하다는 것이 일반적인 통설이다.

국가는 공산당의 명령에 따라 움직일 뿐이기 때문 이라는 것이다. 전체적으로 이러한 견해가 타당한 것은 사실이지만, 그것은 지나치게 단순한 생각이다.

동독의 국가와 당은 모두 민주 집중제 원칙에 따라 조직되었다. 궁극적인 권력은 통일사회당의 정치국과 총서기에 주어졌고, 그 밑에 포괄적인 중앙위원회와 전당대회 그리고 지방지구, 지역별로 조직된 다양한 하위기구가 존재했다.

당 조직의 말단에는 주로 공장 별로 조직되지만, 때로 거주지 별로 조직되기도 하는 세포 조직이 있었다.

현실적으로 보면 동독은 일당 체제가 아니었다.

통일사회당 외에 기민련, 자유민주당, 독일민족민주당, 민주노동당이 있었다. 사실 이 군소정당들은 동독 정치에 중요한 기능을 수행했다. 이 정당들은 중앙의 정책을 다양한 하위문화의 언어로 번역해주고, 상부의 결정을 특수한 이익집단의 간행물에 전해주어 중앙의 정책에 대한 일련의 불만과 반응을 상부에 전달해 줌으로서 통일사회당과 다양한 사회집단 사이의 의사소통의 역할을 수행했고, 통일사회당 지도부가 풀뿌리 인민 대중의 여론과 접할 수 있도록 해 주었다.

1949년 이미 동서독의 사회 경제적 구조가 크게 벌어진 상태였다. 그리고 그 차이는 동독과 서독이 각각 공식적으로 건설되면서 더욱 두드러졌다.

귀족들의 대농장이 몰수되면서 시작된 농업의 집단화는 1952-53년과 1959-60년에 걸쳐 두 단계로 진행된다.

동독의 농업은 대부분 1960년대 말까지 토지와 가축, 농기계와 장비가 공동소유로 귀속된 세 가지 유형의 협

동농장으로 전환된다.

그러나 1970년 80년대의 변화는 기존의 농장이 원예, 농경, 목축 등으로 전문화되고 중앙과 개별 경작단위 사이에 중간 조직이 설립되어 중앙의 계획과 개별 농장에서의 계획의 실행을 조정한다.

동독 농업은 서독만큼 효율적이지는 못했지만 생산성이 비교적 높았고 기초 농산품에서 거의 자립적이었다.

동독의 사회구조는 서독과 매우 달랐다. 서독의 인구는 종전이후 약 50% 증가해 6천 2백 만에 달한데 비해 동독의 인구는 1980년대 약 1천 700만 명이었다.

모든 차이점에도 불구하고 두 독일을 묶어주는 끈은 강력했다.

공동의 역사적 유산이 그랬고 정치와 경제 사회 전반에 걸친 두 나라 사이의 광범위한 상호 관계가 그러하다. 두 나라는 아주 달랐지만 서로 연관되어 있었고, 어느 한나라를 논외로 한 채 나머지 한나라를 생각하는 것은 불가능 했다.

두 나라는 주권 국가이면서도 분단된 나라의 일부였

다. 근대 세계의 독특한 나라였다.

두 나라는 안정된 상태에 있었지만 분단은 불변의 것이었다. 그러나 독일에 일차적인 책임이 있는 전쟁으로 인해 중부 유럽을 가로 지르는 분단이라는 심연은 다른 나라의 많은 사람들에게도 고통을 안겨주었다.

1980년대 말 종전이후 40년 동안 동유럽을 지배하던 체제에 이례적인 변화가 일기 시작했다.

고르비의 개혁 정치는 민주화와 경제구조 조정을 동반했고, 이는 전후 유럽질서의 급격한 변화를 의미했다.

소련이 과거의 동유럽 위성 국가들로부터 손을 떼고 불간섭 노선을 취하자 폴란드와 헝가리에서는 정치적 민주화 요구가 거세졌고, 이는 폴란드와 헝가리의 공산당 권력 독점을 종식시켰다.

동독 정권을 무너뜨리게 되는 혁명은 애초에 동독 내부의 압력에 따라 촉발된 것이 아니라 다른 나라의 변화로 인해 동독 체제의 위기가 닥치면서 시작 되었다.

1990년 10월 3일 건국40주년 기념식이 치러진지 1년

이 채 되지 않은 그 시점에 동독은 더 이상 존재하지 않았다.

1990년 10월에 탄생한 통일 독일은 단순히 1990년 이전의 서독의 연속이 아니었다.

체제는 기본적으로 1990년 이전의 연방공화국의 것이었지만, 통일독일은 새로운 국내외적 도전에 직면했다.

1989년 헝가리와 오스트리아가 동독 국경을 개방했을 때, 동독 정부는 자국민들이 보다 나은 삶을 찾아 동독을 탈출하는 것을 막을 수 없었다.

또한 1989년 가을 국민들이 언론의 자유와 여행의 자유, 그리고 인권을 요구하면서 거리로 뛰쳐나와 시위를 벌이는 것도 예방할 수 없었다.

빵과 서커스 정책은 결국 보다 민주적인 사회에 대한 열망을 잠재울 수 없었던 것이다.

동독과 서독은 교류가 이루어졌다. 또한 서로의 방송을 청취할 수도 있었다. 그러나 남북한은 라디오도 tv도

서로의 방송을 청취할수 없다.

중국의 CCTV도, 일본의 NHK, 영국의 BBC, 미국의 CNN 모든 방송을 남한에서 청취할 수 있으나 우리는 같은 동족의 남북 방송도 청취할 수 없다.

국가보안법으로 막고 있다. 통일이 되려면 인적 물적 교류가 이루어져야 하며 서로를 잘 알아야 한다. 알기 위해서는 방송청취도 이제는 가능해야한다.

물론 남북한의 TV의 경우 전파 송출방식이 달라 시청 자체가 기술적으로 불가능하다.

남한은 미국의 NTSC방식을 북한은 유럽의 PAC방식의 차이 때문이다.

또 그나마 라디오방송은 청취가 가능하지만 남북간에 서로가 방해 전파를 발사하고 있어 청취가 불가능하다.

우선 남북통일을 위해 서로를 이해하고 알아야 하기에 TV와 라디오의 자유로운 청취는 우선적인 과제라고 본다,

8

중국과 대만

중국과 대만 관계는 1949년
중국 공산당이 북경에 신정권을 수립하고, 국민당 정권
이 대만으로 이주 중화민국을 선포함으로서 양안 관계로
전환되기에 이른다.

　양안관계는 현재 정치 경제 사회 문화등 전반에 걸친
다양한 성격의 교류를 통해 부분적으로는 실질적 관계
발전으로 구체화 되고 있기도 하지만 양안 관계가 본격
적인 통일문제로 인해 영향받게 된 것은 중국의 국제사
회로의 개방과 진출에 따른 결과이다.

양안 문제에 대한 중국의 자세에서 읽을 수 있는 것은 중국 지도부가 민족주의 감정에 호소하는 이전의 방법 이외에 보다 강압적인 태도를 비치면서 대 중화주의 명분에 의존하려는 경향을 보여 주고 있다.

중국이 내세운 일국양제는 양안 통일에 있어 움직일 수 없고 변함없는 하나의 패러다임으로 정착되어 왔다.

중국이 양안 통일 실현을 진정으로 평화 수단에만 의존하려면 일국양제의 원칙과 내용이 대만인의 지지를 획득할 수 있는 수준으로 정교화 되어야 하며, 미국의 영향력 행사를 어느 정도 억제하고 완화시킬 수 있는 효과적인 방법을 모색해야 할 것이다.

양안간 통일을 둘러싼 주도권 경쟁은 서로가 상대방에게 결정적 양보를 하도록 물리적 힘을 행사하지 않는 한 당분간 현상유지를 지향할 것으로 보인다.

중국의 통일을 말할 때, 수천년간 이어져 내려오는 중국 역사속의 통일과 분열이 반복 되어왔다는 것이다.

중국의 통일이 현대 국가에만 국한되는 문제라는 좁

은 안목에서 전체 역사의 흐름속에서 볼 수 있는 통찰력이 필요하다.

중국은 전통적으로 오랜 기간동안 통일과 분열을 반복해온 대표적인 나라이다.

중국의 역사는 한족과 북방민족의 전쟁의 역사이다.

중국 역사의 마지막 왕조인 청조가 1911년 신해혁명으로 무너지고 이어지는 공산혁명으로 1949년 신중국이 건설 되면서 중국이 내세운 기치는 하나의 중국이었다.

바로 중화사상으로 대표되는 전통적인 중국의 통일 사상이다.

양안 관계와 남북 관계를 교차 비교해 보면 반면 교사로 삼을 여지가 충분하다.

우선 92공식의 양측간 합의를 꼽을 수 있다.

이념적 갈등에 대해 모호하게 합의를 봤다는 점이다. 임의의 두 의견이 절대 완전이 같아질 수 없다는 점을 인정한다면, 양측이 모두 인정하는 부분에 대해서만 합의를 보고 서로 실리적 이익을 취했다는 점이다.

또한 하나의 중국이라는 표현에 대한 각자의 의견을 존중한다는 '일중각표' 개념은 양안의 창의성이 돋보인다.

또 양측 모두 관계개선을 위한 의지가 뚜렷해야 개선의 의지가 있다는 점이다.

중국의 개혁 개방과 대만의 민주화가 진행되면서 양안관계도 발전했는데, 북한의 폐쇄적인 태도로 인한 현재의 남북관계의 모습과 대조적이다.

남북 관계에 있어서도 이러한 실용적 노선을 취하려던 시도가 있었지만 북한이 이념적, 정치적 논의에 대하여 우선성을 두었기 때문에 남북관계가 양안관계처럼 발전하지 못했다.

복잡한 남북관계를 해결하는 우리의 새로운 창의적 문제 해결력이 절실하다.

또 모든 문제는 구조적 원인과 환경적 원인이 동반되기 마련이다.

단순이 북한이 적극적이고 개방적인 정책을 펼때까지 기다리는 것은 답이 아니다.

북한이 소극적이고 폐쇄적인 것은 그들의 경제력과 체제 안정성이 위태롭고 위협받는다고 느끼기 때문이다.

북한의 경제상황이 나아질 수 있도록 하는 구조적 환경적 차원의 남한의 노력도 필요하다는 것이다.

이는 단순히 경제적 원조로 해결되지않는다.

북한의 주민들이 그들 스스로 자급자족해서 잘 살 수 있는 기술력 보급, 내수의 시장화를 촉진시킬 수 있는 구조적 환경조성이 필요하다.

그들의 경제력이 높아질 때 한반도는 한층 더 평화를 위한 방향으로 향해 갈 것이다.

우리는 독일통일, 양안관계 뿐만 아니라 소련과 우크라이나 관계 등 이념적 갈등을 보였던 사례를 참고하고, 인간이 걸어온 역사를 돌아 보며, 앞으로 걸어갈 미래에 대한 통찰을 얻기 위해 노력해야 한다.

그러나 과거의 사례와 현재의 남북 관계는 비교 대조되는 지점이 많은 독자적인 상황이기에 우리만의 역사를 만들기 위해서는 인류의 창의적 문제 해결력이 반드시 필요하다.

급변하는 세계정세 속에서 변하지 않는 것에 대한 통찰력을 기반으로 현재의 문제상황을 새롭게 개선해야 한다.

중국 국영방송 CCTV는 양안문제의 프로그램을 만들어 매일 저녁 방송하고 있다.

중국의 양안문제 노력에 비해 우리나라는 토요일 30분가량 '남북의 창'을 방영하는 것은 남북통일의 문제가 부족하다고 말할 수밖에 없다.

남북 통일문제의 공론화를 통해 북한을 더 이해하고 알려는 노력이 절실하다.

9

통일이 되는 날

통일이 되는날

나는 너를 부등켜안고 덩실 덩실

춤을 추고

하늘에 울리도록

만세를 부르고

애국가를 부를 것이다

8천만 인민의

심장이 북소리처럼

둥 둥 둥 뛸것이고

3천리 금수 강산이

기뻐 노래하고 3면의 바다가

춤을 출 것이다

수백만의 이산 가족이

눈물을 흘리며 고향을 상봉할 것이고

백두에서 할라까지

뛰는 맥박소리

중원을 흔들 것이며

해방에서부터 강산이 수없이 변하고

실향민이 하나 둘 죽어가는

저세상에서 통곡할제 못감은 눈이

이제 감길 것이다.

해방공간의 민족의 영웅들이

무덤에서 일어나 소리칠 것이고

죽은 원혼들이

깨어날 것이다

아!

대동단결 해방이 오면

긴겨울의 어둠속에서 벗어나

봄의 햇살이 퍼지고

이땅을 걷고 보기 위해

병든 사람이 나아지고

봉사가 눈을 뜨고

죽은 사람이 살아 나리라

수천 수많은 별들이

하나된 민족의 밤하늘에 빛날 것이고

태양이 민족의 심장에

비치리라

민주주의와

정의

자주가 조선의 대지에 싹터오르고

8천만 인민이 부등켜 안으리라

70년 어둠은

한 순간에 밝아오고

어둠속에서 태양이 떠오르듯

온누리에 비치리라

◇참고 문헌◇

· 『단재 신채호』 김삼웅 지음, 시대의창
· 『잊혀진 대륙의 길을 찾아서』 최연혜 지음, 나무와숲
· 『6.25전쟁 1129일』 이중근 편저, 우정문고
· 『나의 아버지 여운형』 여인구 지음, 김영사
· 『분열과 통일의 독일사』 메리 풀브룩 지음, 김학이 옮김, 개마고원

저자와의 협의에 의해 인지를 생략함

아름다운 동행

2021년 7월 20일 인쇄
2021년 7월 30일 발행

지은이 • 정관진
펴낸이 • 연규석
펴낸곳 • 도서출판 고글

서울특별시 용산구 한강대로40길 18
등록일 • 1990년 11월 7일(제302-000049호)
전화(02)794-4490 · (031)873-7077

* 잘못된 책은 판매처에서 교환해 드립니다.

값 12,500원